# LA
# CINQUANTAINE

PAR

## E..... A.....

PARIS

IMPRIMERIE DE J. CLAYE

RUE SAINT-BENOIT

—

1872

# LA
# CINQUANTAINE

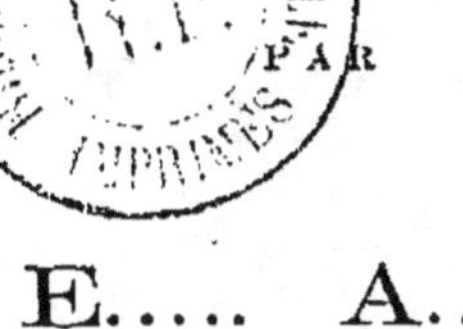

E..... A.....

## PARIS
IMPRIMERIE DE J. CLAYE

RUE SAINT-BENOIT

—

1872

# PROLOGUE

MONSIEUR J...

Pierre! regardez-moi! voyons! êtes-vous ivre,
Qu'en guise de café, vous me servez... un livre?

MADAME J...

Qu'est-ce à dire, Marton? c'est trop fort, par ma foi;
Vous plaisantez, sans doute?... un livre aussi pour moi?

PIERRE.

Monsieur le sait fort bien, jamais je ne me grise.

MARTON.

En tout ceci, madame, il n'est point de méprise.
Et je vais vous donner du mystère la clé.
Tenez, c'est ce monsieur à l'air dissimulé,
Qui feint de ne rien voir et là-bas se goberge
Comme s'il se croyait ici dans une auberge;
C'est lui qui près de nous en sournois est venu :
« Mes amis, a-t-il dit, voilà pour le menu
« Un nouveau plat. Allons, tous deux, sans grand tapage,
    « Entre la poire et le fromage,

1

« Glissez ce livre adroitement,
« La ruse, c’est votre élément.
— « Mais, monsieur...
　　　　　　—« Point de mais! Prends cette papillotte.
« Pierre n’est pas niais, et Marton n’est pas sotte;
« Comptez encor sur moi, si tout se passe bien. » —
Voilà la vérité! Mais comme le moyen
D’arriver à nos fins, doucement, en cachette,
Ne s’est pas présenté, j’ai mis sur une assiette
Ce mets nouveau qui n’a rien de fameux, je crois,
Et qui m’attire un *suif,* pour la première fois.

MONSIEUR J...

Impertinente! un *suif!!!*

L’INVITÉ.

　　　　Grâce: je suis coupable;
Oui, c’est moi qui vous sers ce brouet détestable
Que repousserait un Lacédémonien;
C’est mon œuvre, mon fait, hélas! mon propre bien!

MADAME J..., entr’ouvrant le livre.

Quoi! vous grattez encor des Muses l’épiderme,
Et l’âge n’a pas mis à vos élans un terme?

MONSIEUR J..., de même.

Que vois-je! deux cents vers au moins! c’est merveilleux!
Mais, pardon, croyez-vous qu’il ne serait pas mieux
De les lire plus tard?... De danser chacun grille,
Et moi, malgré mes ans, je sens que je frétille!

L’INVITÉ.

Je suis de votre avis, car en quinze ou vingt mots
　　　J’apprêtais un épithalame,
　　　Et voilà qu’une ardente flamme
　　　M’a jeté par monts et par vaux.

Sous le nom trompeur d'opuscule
Vous avaleriez la pilule
En souriant, mais à regret...
Et ce n'est pas là mon projet.
Plus tard, que d'une main distraite
Vous feuilletiez cette bluette,
Sans trop d'ennui ni de dégoût,
C'est votre affaire; mais, de grâce,
Aujourd'hui, de la dédicace,
Courez tout d'un trait jusqu'au bout
De ce trop futile volume
Qui dans ces deux vers se résume :
« Charmants vieillards, comblez nos vœux,
« Vivez encor! soyez heureux! »

A

# MONSIEUR ET MADAME J.....

POUR

le cinquantième anniversaire de leur mariage

Août 1872.

# LA CINQUANTAINE

---

Lorsque j'étais enfant, un jour que ma grand'mère
De mes jeux fatiguée, avec un ton sévère
Près d'elle m'enjoignait de venir un instant,
Et que j'étais blotti, maussade, maugréant,
Tout contre son fauteuil; un mot : *La Cinquantaine!*
Que je ne pus jamais lire tout d'une haleine,
Et jusques à dix fois que ma bouche épela,
M'avait fort intrigué :

      — « Qu'est-ce donc que cela,
« Grand'mère, » dis-je alors?

       — « C'est un mot hors d'usage, »
Me fut-il répondu. « Quand le monde était sage
« Souvent on l'employait... C'était au bon vieux temps,
« Où tout était bonheur, où tout était printemps,
« Où le cœur se gonflait d'amour et non de haine,
« Où l'épouse était chaste et filait de la laine;
« L'homme alors, pour seuls biens, n'avait que ses troupeaux,
« Et trouvait dans la plante un remède à ses maux;
« A toute heure, imitant l'industrieuse abeille,
« D'un incessant travail il offrait la merveille;
« Ses enfants, tous unis, se pardonnant leurs torts,
« Avec l'astre du jour s'endormaient sans remords.

« Oh! si tu n'étais pas si diable, si terrible,
« J'ouvrirais devant toi cette superbe Bible;
« Ensemble nous lirions comme l'on vivait vieux
« Dans ces temps reculés, comme on était heureux!
« Tu connaîtrais le nom de chaque patriarche,
« L'histoire de Noë... Tu verrais vers son arche
« Revenir la colombe, apportant un rameau;
« Le premier arc-en-ciel se refléter dans l'eau;
« De Jacob, de Juda, la nombreuse lignée,
« Et la loi du Seigneur à Moïse enseignée.
« Enfant, en ce temps-là, par de nouveaux serments,
« Les époux s'unissaient au bout de cinq cents ans;
« Encor bien éloignés de la décrépitude,
« Cet hymen d'heureux jours n'était que le prélude. »
— A ces mots, je m'enfuis. De ce long entretien
Écouté gravement, il ne me restait rien.
Grand'mère était, je crois, une excellente femme,
Mais du *Petit-Poucet* elle eût fait tout un drame;
Et malgré que je fusse un fils respectueux,
A tous ses longs sermons je préférais mes jeux.
J'étais donc déjà loin qu'elle criait : « J'achève.
« Allons! reviens! » —
                              Nenni! Je connaissais le glaive
Sur mon front suspendu. Narguant le mauvais sort,
Je courais vent arrière et sans virer de bord;
Mais j'ignorais le sens du grand mot : *Cinquantaine !*
Et lui vouais d'avance une implacable haine.

. . . . . . . . . . . . . . . . . . . . . . . .

A quelque temps de là, dans un vaste panneau,
Je vis des ouvriers accrocher un tableau :
« — Charmant! délicieux! » — disait alors mon père;
« — Un peu plus bas... très-bien! Mon salon, je l'espère,
« Va défier tous ceux de ces grands amateurs

« Qui pour nous persifler prennent des airs vainqueurs. »
Et, pendant qu'en regard on fixe une marine,
Sur un haut tabouret je grimpe à la sourdine,
Car j'ai cru voir, flanqué d'un grossier numéro,
Un mot que je connais... Oui, c'est bien lui! bravo!
Sans l'épeler j'ai pu facilement le lire ;
Et, courant vers grand'mère avec un frais sourire :
« Viens, lui dis-je, viens vite, et de ce beau vieillard
« Au port majestueux, au limpide regard,
« Dis-moi ce que tu sais. Quelle noble démarche!
« Oh! je le reconnais; c'est bien un patriarche!
« Et puis là-bas, vois donc, dans sa cage d'osier,
« Du déluge voici le fidèle ramier.
« Regarde donc encor! quel splendide costume!
« De s'habiller ainsi c'était donc la coutume?
« Grand'mère, un patriarche en habit de satin,
« En gilet bleu de ciel, frais comme le matin!
« Dans sa robe de soie, en bonnet de dentelle,
« Sa femme est à son bras et se croit toujours belle. »—


— « L'autre jour, mon enfant, quand tu t'es échappé,
« J'allais, sur ce tableau dont tu sembles frappé,
« Te dire quelques mots :
                         « D'un bien rare hyménée
« A tes regards surpris il offre la journée.
« Pendant un demi-siècle, à grand'peine, aujourd'hui,
« Nous voyons deux vieillards se prêter un appui;
« Et de ces cinquante ans d'un heureux mariage
« Voici l'anniversaire. Oui, nous faisons naufrage
« A peine hors du port. Longévité, bonheur,
« Sont des mots insensés, qu'avec un air moqueur
« Au nez nous nous jetons; car la Parque jalouse
« Sépare à tout moment un époux d'une épouse,

« Et nous n'avons de Dieu qu'à subir les arrêts,
« Sans nous creuser l'esprit à sonder ses décrets.
« Lorsque tu parviendras à l'âge qu'a ton père,
« Puisse-t-il à son tour, avec ta bonne mère,
« De nouveau cimenter, au bout de cinquante ans,
« Ces nœuds qui pour témoins auront tous tes enfants !
« Le ciel n'a pas daigné m'accorder cette joie !
« Que veux-tu ? mon ami, chaque chose a sa voie ;
« Heureuse suis-je encor de mêler vos trois noms,
« Chaque soir et matin parmi mes oraisons. » —

. . . . . . . . . . . . . . . . . . . . .

Sa crainte pour mon père, hélas ! n'était pas vaine,
De ses jours, Dieu jugea que la coupe était pleine,
Lorsqu'à peine j'entrais dans ce rude sentier
Où l'on cherche partout un bras pour s'appuyer.
Dès lors je n'ai plus cru qu'au quart de ces sornettes
Qu'en termes si pompeux débitent les gazettes,
Montrant à tout propos Philémon et Baucis
Escortés d'un renfort d'arrière-petits-fils ;
Car partout on traitait l'hymen de baliverne ;
Sur tout le genre humain promenant ma lanterne,
Je ne trouvais que gens du *conjungo* bien las,
Et qui, devenant veufs, disaient : « Quel débarras ! »
Rêve de cerveau creux ou bien de grand génie,
Pour moi, *la Cinquantaine* était une ironie,
Lorsqu'à mon déjeuner, un samedi matin,
Je me vois invité pour un brillant festin
Par un poulet charmant... quinze lignes intimes
Qui ne m'ont même pas coûté quinze centimes !
Elles sont de parents au cinquième degré,
Que je vois rarement, mais à qui je sais gré,
Se souvenant toujours de leur vieille roture,
De ne point mépriser ceux qui n'ont pas voiture.

J'irai donc, et cela ne saurait faire un pli ;
J'adore la campagne et suis fou de Marly.
Mais qu'est-ce?... en *post-scriptum* le mot de ma grand'mère?
Le titre du tableau?... Voilà donc le mystère
Du fameux balthasar! Voilà donc cinquante ans
Que ces deux bons vieillards résistent aux autans!
Je vais savoir enfin ce que c'est qu'une fête
Dans ce qu'on peut nommer une famille honnête,
Et, depuis le plus vieux jusqu'au petit dernier,
Passer par tous les tons d'un superbe clavier,
Où rien de discordant n'altère l'harmonie
De cette merveilleuse et sainte symphonie.
Que c'est rare à cette heure! où, dans chaque maison,
La rage de briller distille son poison ;
Où le vice galope et la vertu chevauche,
Où femmes et maris brident sans cesse à gauche !
Aussi me hasardai-je à mêler mon encens
A celui de leurs fils. — Dire ce que je sens
N'est pas chose facile : En un jour de bataille
Combien de généraux qui ne font rien qui vaille !
Tel qu'en un frais bouquet un agreste chardon,
Je devrais me cacher ou demander pardon ;
Mais je suis trop gagné par cette bonhomie
Qui déteste les beaux discours d'Académie ;
Par cet œil grand ouvert et par cette rondeur
Exempte de fierté, qui vous va droit au cœur,
Et je commence :
　　　　　*« Avant la naissance du monde... »*


Où va donc se fourrer ma Muse vagabonde,
Que la voilà, prenant sans vergogne et sans mœurs
Le bien d'autrui, qui pille un vers dans *les Plaideurs?*
— Sautons quelques mille ans ! — Voici de son village

Un jeune homme en sabots qui part! Pour tout bagage
Il n'a que ses quinze ans et deux bras vigoureux;
C'est là plus qu'il n'en faut, certes, pour être heureux.
— Passons sur ses débuts... arrivons à l'époque
Où la soif de gagner l'irrite, le suffoque.
Il tâtonne, il hésite et soudain prend son vol.
Femme, enfants, sont blottis dans un maigre entresol;
Mais la boutique est vaste; on s'y presse; les belles
Devant ses Nouveautés deviendraient infidèles!
Il sait si bien draper taffetas et velours,
Insinuer qu'ils sont bien au-dessous du cours!
Dès l'aurore, à sa caisse on le voit apparaître;
Il est à tout, partout; c'est bien là l'œil du maître.
Sa famille s'augmente? Il n'est pas inquiet,
Et dit à chaque enfant qui naît : Parfait! parfait!
Mais cette heureuse vie, exempte de nuages,
Avec mil huit cent trente affronte les orages.
La Révolution, contre un affreux récif
Va peut-être pousser son trop léger esquif?
Non! il a tout prévu; les yeux sur la boussole,
A louvoyer à point il résume son rôle;
Et, debout à la poupe, et, ferme au gouvernail,
Il ne dit que deux mots : Patience! travail!

. . . . . . . . . . . . . . . . . . . . . . . . .

La tempête a passé... Le ciel se rassérène,
De rejetons il veut une demi-douzaine,
Car il voit s'entasser or, écus et billon;
De la fortune il a trouvé le vrai filon.

Après trente ans et plus de dure servitude,
Il sent pour le métier un fond de lassitude,
Et, plaçant ses deux fils à la barre, il leur dit :
« Maintenant, c'est à vous! ni trêve ni répit! »

Pendant qu'ils s'élançaient vers des bords fantastiques,
Les bons vieux ont repris leurs premiers goûts rustiques.
Sans pourtant mépriser leur ancien boulevard,
A décorer leur nid ils ont mis tout leur art.
Aujourd'hui *Cœur-Volant* n'est-il pas une Suisse?
Sans glaciers, il est vrai, mais non sans précipice.
On peut y voir bondir du sommet d'un coteau,
De rochers en rochers, un écumeux ruisseau.
Ce n'est pas tout encor! Leur main industrieuse
Pour embellir ces lieux n'est jamais paresseuse...
Voyez plutôt ce lac... Hélas! il n'est pas grand;
Dans la géographie il ne prendrait point rang;
C'est un lac pacifique et qui ne connaît guère
L'effrayant *Monitor* et le vaisseau de guerre;
Jamais par la tempête il n'est trop agité,
Et si, de temps en temps, on le voit irrité,
C'est l'œuvre, croyez-moi, de quelque mauvais drôle
Qui bat l'eau de sa main ou du bout d'une gaule.
Sur lui, point de roulis et point de mal de mer;
C'est un lac bon enfant, qui toujours a bon air.
Mais quel est donc au loin cet élégant navire
Dont le nom à la poupe à peine se peut lire?
Parbleu! c'est la *Saint-Jean,* jaugeant bien deux tonneaux;
Tout prêt à recevoir, parmi les commensaux,
Ceux qui regardent comme un passe-temps indigne
De s'asseoir à la rive, et de jeter la ligne,
Le cou tendu, l'œil fixe, à défaut d'esturgeon,
A la carpe, à l'ablette, à l'imprudent goujon.
Sur ce lac on ne fait qu'un trajet éphémère,
Et jamais on n'entend le cri de : Terre! terre!
Poussé par la vigie au haut des grands huniers.
Cotoyant des jardins aux ombreux ébéniers...

— Où m'égaré-je, ô ciel!... Je pars pour un voyage,
Lorsqu'un soin plus touchant me rattache au rivage!
Bien que depuis dix ans mes tempes aient blanchi,
Et que de tout souhait je me sente affranchi,
La fête est par trop rare, et, pour votre martyre,
Je vais encor parler, dussiez-vous me maudire.
Arrière toute honte et tout sot faux-fuyant,
Car j'aperçois déjà votre plus jeune enfant
Suivi de ses cousins, race microscopique,
Qui d'ouvrir le cortége à grands cris revendique?
Pour formuler ses vœux sa bouche bégaîra,
Et, s'il a peur, sa mère au besoin l'aidera.
Pour ses deux vieux parents, cette si jeune tête
De jours encor nombreux servirait de prophète,
Et moi je resterais à rien faire?... oh! nenni!
Écoutez de nouveau, dussé-je être honni :
— Certain jour *Calino,* voulant faire un voyage :
« Au lieu de partir seul, il serait bien plus sage, »
— Dit-il en se frappant le front, — « de partir trois;
« Le trajet sera long, à ce que je prévois;
« En formant entre nous comme une sainte ligue,
« Divisant en trois parts étapes et fatigue,
« Nous pourrons l'accomplir tout entier sans effort;
« Prêts à recommencer nous rentrerons au port. » —
L'avouerai-je? eh bien oui! j'imite sa sottise.
Donnant à plein collier dans cette balourdise,
Je crois qu'en vous prenant l'un après l'autre ici,
Mon poëme sera des trois quarts raccourci.

Commençons donc par vous, ô mes belles cousines!
Qu'au front de vos aïeux vos lèvres purpurines
Impriment leurs baisers; et, pour les rajeunir,
Glissez-leur à l'oreille un seul mot : Avenir!

Oh ! si je pouvais faire un cours de botanique,
Sans crainte d'encourir une juste critique,
Fleurs, que nous verrons tous s'épanouir demain,
Je voudrais en ce jour être votre parrain.
Quels doux noms vous auriez! tous ceux qui, dès l'aurore,
Exhalent leurs parfums dans le temple de Flore !
Et vous, suivez leurs pas, jeune basochien
Défenseur de la veuve et du mur mitoyen ;
Vous aussi, bon fermier, excellent agronome,
Qui cachez un cœur d'or sous vos traits de bonhomme.
Des baisers, chers cousins, voilà le branle-bas.
Recevez l'abordage, ouvrez, ouvrez vos bras !

. . . . . . . . . . . . . . . . . . . . . .

Mais, qui donc, à l'instant, me tire par la manche?
— « Parlerez-vous ainsi jusqu'à l'autre dimanche? » —
Dit une grosse voix. — C'est un cousin grincheux,
Qui jette par ces mots un seau d'eau sur mes feux.
Jamais il n'a connu de chemin de traverse
Pour dire ce qu'il pense. Il déteste le *verse*
Souffre à peine la prose; mais c'est un bon garçon,
Toujours franc du collier, et bien loin d'être ourson.
Faut-il que je poursuive, ou vaut-il mieux me taire?
Me voilà tout perplexe!... Un mauvais caractère
Pourrait crûment me dire : « Ah! méchant galopin,
« Vas-tu jeter longtemps la pierre en mon jardin?
« De clabauder sur nous tu te crois donc le maître?
« Tais-toi vite, ou sinon... tu vois cette fenêtre? »

. . . . . . . . . . . . . . . . . . . . . .

. . . . . . . . . . . . . . . . . . . . . .

— J'étais loin de m'attendre à des coups d'encensoir,
Mais je ne suis pas fait à ces coups de boutoir.
Si brave que l'on soit, la valeur a ses bornes,
Quand il faut attaquer le taureau par les cornes.

(Pardon, mes chers amis, pour cette allusion
Qui n'a rien d'outrageant pour vous, votre maison.),
Eh bien! résignons-nous. C'est l'heure du champagne
Et du joyeux refrain qui toujours l'accompagne;
Carguons vite la voile et regagnons le port,
Tels que le fier *Saint-Jean;* car je prétends d'abord
Que l'on s'embrasse ici, mais non qu'on se chamaille
A propos d'un discours qui ne vaut rien qui vaille.
L'ancre a-t-elle mordu? sommes-nous à l'abri?
Fort bien!... De rimailler, moi je me sens guéri;
Et puisque de m'ouïr vous eûtes l'indulgence,
Je viens, mes vieux cousins, quêter ma récompense.
Courage! un peu d'efforts! poussez jusqu'à cent ans!
C'est mon vœu le plus cher, le vœu de vos enfants.

PARIS. — J. CLAYE, IMPRIMEUR, 7, RUE SAINT-BENOIT. — [1236]

IMPRIMERIE J. CLAYE
RUE SAINT BENOIT 7
LABOR
PARIS

www.ingramcontent.com/pod-product-compliance
Lightning Source LLC
LaVergne TN
LVHW010139060726
842524LV00005B/2029